情诗林

网友最美情诗集

刘川郁　游　晗　主编

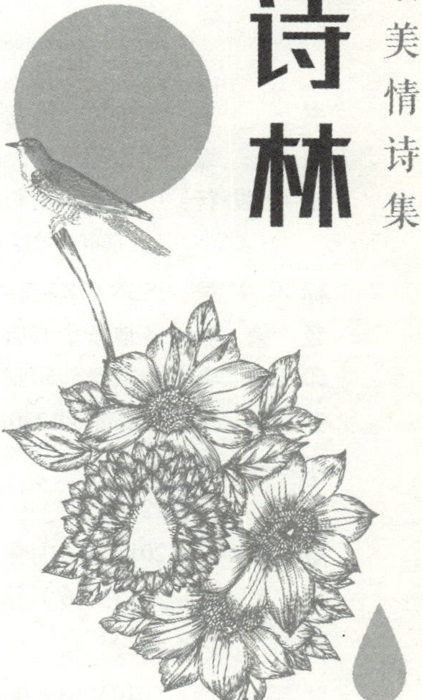

中国发展出版社
CHINA DEVELOPMENT PRESS

图书在版编目（CIP）数据

情诗林：网友最美情诗集/刘川郁，游晗主编．—北京：中国发展出版社，2015.6

ISBN 978－7－5177－0322－8

Ⅰ.①情…　Ⅱ.①刘…　②游…　Ⅲ.①诗集—世界—现代　Ⅳ.①I12

中国版本图书馆 CIP 数据核字（2015）第 093381 号

书　　名：情诗林：网友最美情诗集
主　　编：刘川郁　游　晗
出版发行：中国发展出版社
（北京市西城区百万庄大街 16 号 8 层　100037）
标准书号：ISBN 978－7－5177－0322－8
经 销 者：各地新华书店
印 刷 者：北京科信印刷有限公司
开　　本：880mm×1230mm　1/32
印　　张：6.75
字　　数：120 千字
版　　次：2015 年 6 月第 1 版
印　　次：2015 年 6 月第 1 次印刷
定　　价：28.00 元
联系电话：（010）68990642　68990692
购书热线：（010）68990682　68990686
网络订购：http：//zgfzcbs.tmall.com//
网购电话：（010）68990639　88333349
本社网址：http：//www.develpress.com.cn
电子邮件：fazhanreader@163.com

前　言
为什么我们需要情诗

“当你老了，头白了，睡思昏沉，坐在炉火边打盹……多少人爱慕你年轻欢畅的时候，爱慕你的美丽，假意或者真心。只有一人爱慕你朝圣者的灵魂，爱你衰老了的脸上痛苦的皱纹。”曾记否这首叶芝的情诗《当你老了》？数不清多少国人对外国情诗的了解就是从它开始的。

而“曾经沧海难为水，除却巫山不是云”，李商隐笔下的“此情可待成追忆”，又是多少人心中的执念。“你我相逢在黑夜的海上，你有你的，我有我的，方向”……徐志摩的诗歌与他的爱情一样出名，使他成为一个情种，一枚标签，一记符号。

情诗，从古至今，由东到西都有。但在互联网时代的今天，人们改变了生活、阅读与书写习惯，日记、书信被微博和电邮代替，连情书都已经鲜见，作为情书升级版的情诗，更似乎已渐渐被人遗忘。

但，我们深知，情诗之美，无可替代。

2014年7月，青海香巴林卡景区携手猪八戒网举办了“10万重金征集全球最美情诗”活动。承办方猪八戒网是中国最大的文化创意服务交易平台，针对这项活动，向全球25个国家和地区的威客发出了邀请，最终大赛收到3000余首情诗作品，其中300多首来自海外，分别用英文、日文、法文等10多种语言写成。这足以证明，情诗是不分地域与国界的，爱情是世界的“通行证”。

主办方香巴林卡景区，位于青海塔尔寺附近1公里处，这里风景旖旎犹如世外桃源，有“南有香格里拉，北有香巴林卡”之美誉。

相传仓央嘉措曾在此驻足，并留下遗迹，香巴林卡发起最美情诗征集，旨在向这位智者致敬，同时也唤起千万网友心中对于诗歌，对于爱情的探讨与创意，并将入围作品编辑出版成“中国老百姓撰写的第一本情诗合集”——《情诗林》，最后香巴林卡还将把本书收录的100余首情诗悬挂于景区内的情诗林。

在大赛的征集过程中，我们看到了很多感人至深的作品和背后的故事。有位小伙子投来了上百首诗歌，多年来他一直记录着爱情生活的点滴；有位老奶奶，托孙子交来她写给老伴的诗，孙子交的是照片，在照片上，老奶奶把诗句一笔一划地写在小学生练习本上，看得出每个字都认认真真地表达着她对老伴几十年来风雨相伴的感激与爱；有位小姑娘，她的情诗是以妈妈的口吻写给爸爸的，而她的爸爸在她出生之前就因意外离世了；还有一首二等奖作品《你怎么会知道》，写诗的男孩当时得了重症，于绝望中写下了这些句子，但上天厚爱，他挺过了难关，回首往事，也是百感交集。

在这本诗集中，最特别的，当属一首一等奖作品《他》。诗中短短21个字，写透了爱情消逝，心中不舍却又无可奈何的失落。作者是一位年轻姑娘，这本是她中学时代情窦初开，暗恋某同学却不敢表白，随手写在笔记本上的句子，没想到时隔多年，她抱着试试看的心态投递了这首作品，竟然得到了大赛组委会的一致肯定，赢得了1万元大奖！

可见，上天会厚待每一个真诚爱过的人。上交作品的网友，很少有专门为此次大赛创作的，大多数都是拿出自己曾经写下的诗句，他们本以为这些诗句会随着时间湮没在了记忆里，结果却有让人意想不到的惊喜。

大赛组委会评审、著名诗人、重庆市作家协会副主席何矩学老师对此次大赛评价道：这些来自民间、来自网友的情诗，让我们相信，无论高低贫富，无论城市乡村，诗意的栖居无处不在。

是的，时代在变，生活方式在变，但那些美好的、传统的、经得起时光打磨的爱情与诗歌，永远不会变，变化的只是载体，所不同的只在于我们是用电脑还是用书本来读诗。

在晴朗的日子里，请为爱人写诗；那些美好的句子，记得为她朗读。

本书编辑成册，是网友的呼唤，更是大家对诗意的呼唤。感谢青海省委宣传部文艺处、湟中县委县政府、湟中县委宣传部、湟中县科技文化体育局、猪八戒网、青海日报、西宁晚报、西海都市报、新华社青海分社、青海交通音乐广播、大青海网、搅沫沫网、青海电视台等机构的大力支持，也要感谢更多不能一一提及名字的朋友。因为你们的爱，我们确定，这个世界需要情诗。

编　者

2015年5月

目　录

第三章 纯恋：曾经沧海难为水

第四章　眷恋：卿须怜我我怜卿

第五章　热恋：相思始觉海非深

第六章　苦恋：为伊消得人憔悴

第一章

暗恋

爱在心里口难开

我要到渡江边（二等奖）

▌林跃锐

小时候
我要到渡江边，当船夫
我要把你载到遥远的彼岸去
几经跋涉只因你说爱吃对岸的麦芽

青年时
我要到渡江边，当船夫
我要把你载到知识的殿堂去
因为那儿才能实现你的梦想

长大后
我要到渡江边，当船夫
我要等着将学成归来的你载回家乡
我还妄想着和你喜结连理

中年时
我要到渡江边，当船夫
我终于等到了你的归来
而你也不再孤独

因为你已经有了你的丈夫
我等来的
却是你和你丈夫新婚的甜蜜
以及全村人的贺喜

老了时
我要到渡江边，当船夫
我要游荡在两岸之间
因为那里承载着你我的记忆
我要将它们拾集

作者感言

看到一篇纪念一个得不到爱情的老人的文章后有感而发，创作了这篇诗歌。

蜻蜓之恋（优胜奖）

▌蒋建明

我从不敢正视你的眼睛
正如月亮来时
我不敢肆意摇摆，敛心顾影
也不敢贪恋牡丹亭下的幻想
怕惊醒了
你出神的静，袅娜的轻

那年
你翩然而过的背影
竟让我一时忘记了春秋
掩不住的感激与欣喜
怕是穷尽这世上言语
也难以说清
从此
湖底沉默的藻荇
夜夜猜测
你身后的故事，内心的丰盈
而我
只是倾听

偶尔
看一看叶下的浮萍

晚风吹过
我只是一枝芊芊的芦苇
在日暮里
祈盼秋来，祈盼寒冬
祈盼来世做一支尖尖嫩角
待你来时
勇敢地做一场花开的梦

作者感言

2012年，在美丽的绿岛校园，有缘遇见。一场恋爱在自己一个人的心里轰轰烈烈。囿于各种无果之忧，作各种闲散文字以遣怀。

画稿（优胜奖）

▌李亚伟

我想起凌乱的画室
水彩被堆在墙角
有风吹过窗台
卷起了一地的碎稿
青春是一张白纸
等着被你渲染、绘描

那落寞的雕塑
被灰尘掩盖了衣角
时光深邃无依
是埋在阴影里的石膏
我触摸你曾用过的画板
临摹含香的发梢

摘你一根青丝
在半截铅笔上缠绕
橡皮擦不褪离别
手指灵巧
也画不出你

残存在记忆里的微笑

当背影长满青苔
石阶都已变老
阳光下的藤椅
在走廊上轻摇
是谁想要一场独行
将年华放进背包

你放弃了手中的画板
我只好将半支铅笔埋掉
你从脑海中淡去
忘记了曾经的欢笑
我已看不懂色彩
你是我唯一的画稿

——2013年12月10日，午后阳光暖暖，晴空湛蓝。

作者感言

前两段是回忆。在过去的年华里，我的青春像一张白纸，遇到你之前没有任何色彩。我曾经学过绘画，在画室里遇到了同样喜欢画画、安静的你。后来与你相爱后，我的人生突然有了色彩，有了意义。我们一同作画，有时候画彼此。我曾在一个午后，偷偷摘下你的一根头发，缠绕在作画的铅笔上。后来你离我而去，不再来画室，就这样我为了忘记你开始了一场旅行。将铅笔埋葬，撕碎了所有的画，从此不再动笔，只留了一张当初我给你画的像。

一日未见（优胜奖）

青鸟

东街上的梨花谢了大半
两只流浪狗在落花上面把酒言欢
一日未见
流翠园里的家菜，又少了两圈
我被蝉虫偷走了清眠
我听见了许多人的梦魇
一日未见
一张不显悲喜的脸
我住在消散的岁月
整日韶华清锁
你走在消遣的烟波
偶尔，回眸一瞥

作者感言

我当时住在张掖市的流翠园，我喜欢的人住在离我不远处的一家农舍里，他始终不知道我喜欢他。

暗恋（优胜奖）

▌李雪莹

老字迹已经装哑了好久
设想的对白也厌倦了等候
那细细的雨丝　透过伞
带走了谁眼中的视线

倔强的胡楂　浅笑的弧度
陈旧的书本　狂放的才情
偷走了谁梦里的吐露

天还没黑
又在想象明天的邂逅
于是，那颗种进日记的微笑
开始一程熟不透的丰收。

作者感言

大学的时候喜欢上一个男生，喜欢他的才气，喜欢他的性格，但是只是暗恋，从来都不敢说出口。暗恋是苦涩的，有时候只有远远地眺望或许才足够完美，于是就创作了这首诗。

你的脸庞（优胜奖）

▌冯建鹏

夕阳西下，西风瘦马
我穿过底格里斯河畔的椰枣林
想起你的脸庞
恰如此时
落日余晖下，羞红的晚霞

2013年10月24日于巴格达底格里斯河畔

作者感言

行走在异国他乡的日子，思念总是飘回很远。最美的风景，总想与你同赏。

无题（优胜奖）

▌周智

你过上了想要的生活
而我仍在异乡颠沛流离
终于在故乡的街道
隔着人群
一眼就看到了你
却忽然明白了
什么是万水千山

作者感言

2013年再次回到家乡，毕业后开始了两年颠沛流离的生活。那些曾经困扰我的宏大的梦想、深刻的道理，已经消磨淡去。偶然间，在走过无数遍的街道见到曾经心仪的她。终于发现那些汹涌而来的记忆，即使和它们只有指间相触的距离，却终究还是离我越来越遥远了。

夜游珠江为故友送别（优胜奖）

▌李鹏

伤君从此去，无人唱桃夭。
愿借珠江水，酿成酒一瓢。
何用调管弦，凭此佐佳肴。
夹岸藏锦绣，宝塔倍妖娆。
瑟瑟如弹指，瑶瑶似笔描。
江上含珠贝，名曰猎德桥。
今夜别离后，相期岁月遥。
酒暖情堪醉，义气接琼霄。
风清春雨细，月暗冷星迢。
他朝如相聚，再与话今宵。

作者感言

此诗作于甲午年（2014年）3月，题为送别，实为送君（红颜）调职京城。送别的对象与本人相识多年，意外于羊城（广州）相聚，不意奇年（刚满1年）作别。由于种种原因，作者与相送之人虽有真情，却未明说。一直保持着朦朦胧胧的感觉，相交甚好。故此，诗除以桃夭喻红颜外，从头至尾皆言珠江送别之场景，唯结句回扣主题。笔淡淡，意浓浓。

“90后”的悲伤（优胜奖）

▌尹婷

看着你依然亮着的QQ头像
想说的话打出来却又删掉
一句简单的问候
却变成了难以启齿的沉默
看着不知何时与你的聊天记录
嘴角却莫名其妙地上扬
几句简短的话语
却变成了我最深刻的回忆
就这样
习惯了与你之间的沉默
习惯了对着你的头像发呆
习惯了看你没原因变换的头像
习惯了欲言又止的动作
习惯了把想对你说的话打出来再删掉
看着你天天更新的个性签名
快乐着　你的快乐
悲伤着　你的悲伤
就这样
一直默默地关注你

直到有一天
你的（个性）签名中出现“她”的字眼
苦笑着，为你写下“祝你幸福”

作者感言

高三即将高考的日子，暗恋了3年的对象，有了他爱的人，不敢说出口便写成了小诗，是自己的心情也是记录。上了大学，告诉了他，可他喜欢的终究不是我。现在我也已经有了男朋友，这就成了永远的怀念。

轻轻地望着你（优胜奖）

百里寻竹

风度翩翩的姑娘，
如今的我
似乎记不清了你的模样。
你或许不知道吧！
有时老远看到你的笑脸，
我都会悄悄地垂下头行走。
不！我那不是害羞，
我只是在心里偷偷地数着还有多少步子
才能和你更自然地邂逅。
假装心如止水，
假装不经意间和你那澄澈的目光交会，
然后
轻轻地望着你，走过我的身旁。

作者感言

这是我高三时遇到的一位文科班的女生，很勤奋很爱笑。当时由于我们学校人多，所以一到放学，食堂都会爆满，所以有些女生就会选择晚一点去吃饭而在教室里多学习一会儿。她就是其中的一员。

我当时也是一心以学习为重，只不过因为排名压力，整日喜怒不形于色。每天放学我都会早早地吃饭，然后早早地回教室学习。就这样，我和她相遇了。

我看到她扶起被风吹倒的自行车；我看到她乐观从容的笑脸；我听到她温柔的说话声；我看到她电动车上放着厚厚的复习资料；我看到她清早就赶到学校，朝霞洒在她的脸庞，清澈的眸子盯着前方。

不得不说，我对她有好感了。

于是，我制造着和她一次次的偶遇，但我始终保持澄澈的内心。我在自己的世界里偷偷地倾慕于她。而她，一点也不知道。

后来，高考了，就像今晚一样，我买了两本我平时最喜欢的杂志，放在了她的电动车脚踏板上。我写了一首诗感谢她这一年来的乐观与开朗。

就这样，事情算是结束了。

这首小诗描绘了当时我和她一次次相遇的情景，写得不好，只是写出了当时的感情。

第二章

初恋

心有灵犀一点通

春天往南（优胜奖）

■ 马彦艳

春天往南
一棵柳
孤独的枝丫
绽出新绿
惺忪的眸子
望向春的原野
等待
一把黝黑的犁
画出一道黎明

彼时，我从冬天走来
带着微醺的风
我银装素裹的心事
已然珍藏了一冬

林间的小路也懂我
蜿蜒着一段段
曲折的向往
可小草却笑我

太过晦涩的表达

我青涩的诗行
虽写不丰年轮
却也不纠结于
某些情感的
拿起与放下

踌躇、牵挂
那些没来由的泪花
伴上新绿
和着我诗的音韵
在这个四月里
与春风一路南下

燕子的啾鸣
并与我诗的合奏
渴望在那细柳上
掐一段新枝
用以丰盈你
被爱情
读瘦了的人生

此时
你只需静静地倾听
我羞涩的诗行
细细地把你描摹
左手相思
右手情话
你的笑容像桃花
开满天涯

作者感言

以上情诗，都是写给一个远在千里的男子。他温润美好，才华非凡，像一个无畏的勇士闯入我的心间。我们相知，相恋，相惜。可是我在北方，他在南方，我们都是离异之身，身边都有正在读书的孩子，又有年迈的父母，谁也无法扔下所有，义无反顾地投到另一个人的怀抱。

浪漫和爱情终抵不过现实的残忍，一段注定没有结果的爱情，便这样早早收场，而留在彼此心间的不舍与遗憾却经年不息。

此时，在同一片蓝天下，我们静静生活，过着彼此安稳的人生，互相真诚地祝福：岁月流逝，你若安好，我便幸福。

在诗韵中怀念一段曾经的美好岁月，经过时间的洗礼，痛已不见，只余下真诚的祝福，与深深的思念……

无题三（优胜奖）

▌李威

再次
再次触摸到电话
渐行渐远的你
能否依稀记起
四年间的晚安里
我有多少的爱意

再次
再次按到灰色的QQ头像时
渐行渐远的你
能否依稀记起
四年间的消息中
你有多少记忆

再次
再次坐进长途候车室里
渐行渐远的你
可否感触得到

我那被冰禁锢的心里
只能容得下一个身躯

作者感言

2009年为了与网恋了4年的她在一起，我毅然放弃上海的工作来到重庆。但现实与网络是存在着生活上的差距的，在各种原因下，终于还是分手了。其实在开始前就预示着这样的结果，但还是奋不顾身地“靠近”和“燃烧”着自己。全诗都在表达自己对这份身不由己的“爱”的不甘失去但又无可奈何的情愫。目前我已经有了稳定的家庭与工作，跟这个“网友”依然是朋友!

我今生就遇见了你（优胜奖）

▌格玛次里

我今生就遇见了你
遇见不知所措的缘分
一见就爱上了
巧得花儿与彩虹的美丽
深深迷住我的心
如我故乡的雨夜
随你牵起我千万的思念
使我整夜地辗转
我就遇见了你
我的世界只有一个你
你为一花，一世界
我把所有的心都给予你
我今生就只见了你
这眼里找不到可与你相比的美
除了你，可阵阵让我激动的影子
看着你时，是深深的
陷在你的每一个微笑
想念时，是炽热，是滚烫
焦的我的灵魂在心底为你狂叫

着了迷地笑、奔跑
而你又是我的甘露
浸润每一块干涸的心田
所以，我
我还在期盼那阵西山雨
在等待这滴雨的归来
因为我们本来就相识
今生，我只是要还你
你所给过我的幸福

作者感言

那段情是在我高中的缘。无意在那些课本里写下了这些发自心底的言语。那时我总遥望着窗外的雪山，心想灵魂转过几圈，便能候得她的归来。每当月黑风高的夜，每当雨落滴叶之际，那念她的情不用多想。

雨季（优胜奖）

▌李俊

夜雾漫漫
下了一场雨
我们身在其中
有过相同的期待
相同的孤独，相同的信仰
那年六月
雨季无端地结束

风轻云淡，花开似锦
雨季已经远了
看着曾经你写的信
又看看如今发的信息
听着你喜欢的歌
回忆我们一起走过的路
翻开日记以及
那些早已泛黄的照片
心里想着你，眼泪却会莫名地流下来

为此

我学会了写诗
学会把点滴言不由衷汇成句子
再忧伤地把它一一折叠
折叠成诗
然后已叠的形状连同已失的青春
漂泊在我的心头

于是呀
如果那天你再也不会归来
请你一定一定要寻找一本薄薄的诗集
里面有关于一个写诗的少年
和一个短发女孩的青春

作者感言

诗歌是2009年写的，高中的时候深深地爱着一个女孩，却因为很多原因没有在一起。她在北方上学，而我在南方。在相距遥远的日子里，我总会想起曾经和她拥有过的那些美好的青春，总会莫名地想起她，就像诗里写的那样。而现在一切都已经回不去了，只能在回忆里寻找那个深爱的她，希望她过得幸福。

梅子以及我所挚爱的山村（节选）（优胜奖）

▌毛宗胜

牵手是一种奢侈
接吻每每多此一举　不忍希冀
梅子　你花一样鲜艳的嘴唇
如若我靠近　就惧怕灼烤与窒息
我挚爱世上所有的素朴与清纯
正如山里土豆　青稞　漫山遍野盛开的油菜花
蜜蜂和彩蝶　上下翻飞
村东那片古老原始的丛林里
野生灌丛和乔木　还有杂花野果
纵情恣肆地张扬着　生之勃郁
渲染高天厚土的夏秋

我爱你拙于言词　不胜娇羞
低下头颅　抚弄那对粗辫
似抚弄发自丘比特之手的神箭
我在幸福与激动中眩晕陶醉
夜深人静时　我提起笔
涂鸦一沓白纸　为你谱写情歌
翌日　我想用它唱开你心扉

亲亲的梅子　在七百多个日日夜夜
我写就的几大本情诗
在书箱的隐秘处藏头缩尾
我在你面前羞于启齿
我怕爱情之火的熊熊烈焰
会熔化两颗年轻稚嫩的心
其实爱情不需要诠释
爱情毫无来由又匪夷所思
人们只为相爱而相爱
就如只为死亡而死亡

作者感言

16岁的山乡小妹梅子，款步走入我寂寥的心域。她是我赴山乡任教后唯一的恋人。在两年时间内，我们相爱、期许、渴盼、厮磨，结果好事难成。其后梅子依父母之命，媒妁之言，含恨嫁与其父挚友之子，并生育男孩有二。1996年，梅子因情事纠葛饮农药自尽。死后托梦于尚在省师范大学教育学院进修的我。此后，在一个偶然的机会里，我从一位姓史的山村支书那儿详知其内情。因为悲痛难抑，故而急就祷文《梅子的春天》，刊发于当年11月17日省《青年报》金牧场版。

十二月的情种（优胜奖）

▌五木风岚

芦花纷飞　河池十月的水塘
你还在踱步
小小的睫毛上染满深秋的气息

你说　要像季节的诗行那般
我们要牵手远去
从遥远的北方开始
从狭小的秦岭那儿，越过金城江

苦菜花与芦苇都会白掉
白掉的还有那些不会说话的瓦房
以及我们简单而又温暖的身影

可是　可是
小小的你　十二月的情种
我是多么的无奈啊　夏日的阳光里

我对着一张芦花纷飞的照片

从十月一直想　想到七月
我只是在诗行里见过你的模样

作者感言

2007年，上大学时因为诗歌有了初恋。两个人虽然从未谋面，但一直以诗叙情。这首诗便是当时创作给她的其中一首。这种柏拉图式的诗歌爱情一直伴随我大学三年，三年里我们写了好几百首诗歌。这首诗歌是在夏季一个晚间所写，对她，对我们的爱情，表达了一种无可奈何却又很幸福的一种思念。

目前我已成家立业，从事着与文字有关却也无关的工作。偶尔也会写一些诗歌，但是情诗写得少了，希望那位曾经带我走进诗歌天堂的女孩能够过得幸福！

初恋（优胜奖）

▌商云鹤

你说，我们会不会偶遇
在那个喧哗的十字路口
彼此带着耳机
最热闹的孤独中相遇

你说，我们会不会偶遇
就在你家门口那棵柳树旁边
柳枝像你青丝一般妖娆

你说，我们会不会偶遇
在你混得很熟的小店
隔着货架的缝隙望你的容颜

你说时间是不是太残忍
直到生命结束，才将你从我的身体里剥离

作者感言

那时我19岁，正在上高二，这段经历既是初恋，也算是暗恋吧，因为至今我都没有向那个女生表白过。

残花（优胜奖）

▌王金国

想起你时青春已半入土
那曾经流淌我的温暖
如今叫做荒芜
回看来时路苍茫一片
无雪
亦无月
连一株残花也吝惜生长
若非衣袂飞扬
风起亦无法觉察
世间若真无尘就不必每日梳渐长的发
若真无梦就不必夜夜美酒等谁共酌
当想起你时情仇已入骨

作者感言

屈指数来十载有余，依稀记得此诗写于2002年或2003年的一个夜阑人静的午夜，写时泪流满面，再读潸然泪下。感动自己的不啻是文字更有过往。今偶见香巴林卡在猪八戒网面向全球征集情诗特以录之。

小小的故事（优胜奖）

▌流竹

小小的故事装着小小的人
小小的风筝想挣脱小小的线
曾经小小的我梦想自己是小小的白蝴蝶
小小的白蝴蝶要跟你借小小的色彩

小小的你扎一束小小的长发
阳光下小小的红色发夹小小地闪光
小小的故事被藏在小小的心里
故事里小小的人自从小小的一别
小小的世界再也找不到小小的你

作者感言

十年前，我上高中。遇到一个女孩，在我眼里，她是个小小的姑娘，我是个小小的读书郎。我们在相遇相知之后，彼此产生了好感。但我们太年轻了，彼此都不知道那是不是爱情。时间说慢也快，三年匆匆，我们就高中毕业了，考上了不同城市的大学。临别，我以为我们此生再难相聚了，悲伤的思绪化成了诗情，写下了我的第一首“情诗”——《小小的故事》。

孔明灯（优胜奖）

▌赵波

孔明灯升起来，
晚风无瑕。
有昆虫的鸣叫，
穿透灯笼草的内心，
反复回荡。
爱你的人儿走了，
夜梦将忧伤笼罩。

我们的回忆，
踏在木板路上，
发出空洞的声响。
我听着你的声音，
感觉到仿佛是轻雪落在我的手上。

你说了什么，
我就会遗忘什么。
一片兰草丛，
你相信吗，
它也能听懂你我的言语。

它代我记住了你的话，
犹如我代它记住了你的模样。

作者感言

本诗是写给大学期间的一位女同学的。大三那一年的平安夜，我下午请了半天假没去上课，去市中心买了一盒巧克力和一个毛绒熊。晚上，她和宿舍的女同学们聚餐，我独自在宿舍等她到9点多钟。然后她告诉我回学校了。我拿着礼物前去表白，毫无预兆却又理所应当地被拒绝。她陪着我在校园走了一圈，走过操场的跑道，走过一条木板路，看见有人在升起一盏盏孔明灯。一大片半人高的竹子和一些兰草被风吹动，发出微微声响。那个晚上离别时，她给了我一个安慰的拥抱。当时我就知道，我们的缘分注定只有这么多了。

如今，她在家乡的一家银行工作，去年已经结婚；我则在自己的家乡生活，结婚生子。

没有遗憾，有的只是酸涩又美好的青春回忆。

烂漫（优胜奖）

▌章小布

星月交辉的夜晚
我却独守月半弯
默默地祝福你晚安

海风吹过的瞬间
我已然扶手岸边
指向你我约定那年

我想回到你身边
没有哭泣的笑脸
才是你最美的模样

就像海上的浪花
卷涟着你的笔画
一起谱写爱的神话

和你漫步在沙滩
顺着流星的方向
一直走到海枯石烂

作者感言

跟她的相处和交往，一直都是在一个很匆促的状态。后来她去上学了，还需等她大学毕业，这是我们的约定。

坠入爱河（优胜奖）

▌秦堤

你完全美丽成了一条河
只一次涨潮就把我
卷了进去

我坠入的是爱河
她平静、光滑
里面有青青的草蔓、深深的岩洞
有岛屿也有夹沟
有人间最艳丽的再生之花
鱼是最后游进去的
那就是我

坠入爱河
坠入你深不见底的眸子
坠入你永无尽头的发丛
坠入你胸间永恒的峡谷
坠入你美丽和纯洁编就的陷阱

坠入了你
就再也不会游出你了

第三章

纯恋

曾经沧海难为水

姑娘 (一等奖)

▌蒲俊芳

姑娘
娓娓歌唱
宛若
转经筒　声声清响

姑娘
眼眸清亮
仿佛
莲花湖　微波荡漾

姑娘
裙角飞扬
恰似
八瓣莲花　初绽朝阳

姑娘
来我的身旁
我们去赏
百花绽放

和塔尔寺中流转的佛光

姑娘
做我的新娘
我们去看
百鸟徜徉
僧侣们朝拜雪域最大的王

姑娘
不要忧伤
我会成为
世间最美的情郎

姑娘
不要惊慌
你将尝到
世间最甜的梦想

作者感言

这首诗是从仓央嘉措的诗歌中得到灵感，了解到香巴林卡的美景，结合了香巴林卡的具体情况写作的。

我的心在佛前念你（三等奖）

▌米俊霞

我的心在佛前念你
云烟袅袅
我轻落凡尘
寻了西湖的伞去等你眉下的雨
只为寻你前世的一缕香

我的心在佛前念你
青莲幽幽
我踏遍千山
捻了明月的丝去绣你素白的影
只为见你前世的一抹笑

我的心在佛前念你
红烛默默
我辗转轮回
划了梧桐的桨去渡你来时的江
只为在下一世还能再遇见你

我的心在佛前念你

念你

在今生

在来世

作者感言

当年喜欢的人始终不喜欢我，于是求佛，在香烟袅袅中写下对那人的爱念。后来佛赐予我另外一个人，我不再在纸上写诗，而是在生活的画卷上像诗一样行走。

慢递·心事（优胜奖）

■ 李兰

我突然害怕
那张张尚未寄出的明信片
像一条条响尾蛇
藏身白肥的栀子花丛
却暗暗吐着毒舌

我以为
浪漫不是预支温柔
而是慢递惊喜
可是
我忘了
我们的爱恋
总有一天
会相忘于江湖

那些腻乎乎的心事
我写在纸上
存进时光里
却忘了

为我们的爱情
买一纸保质期

我怕韶光滑翔
你才收到我的心事
那时
我那甜腻腻的字迹
会不会　像一只蚂蚁
啃食你发酸的记忆

你定要在一株木棉下
撒着花　淋着雨
吻着一朵云恸哭
但是啊
请你　轻轻地　悄悄地

不要踩了那烈焰般的木棉花
她也曾和我一样
守候在雨中
等一抹无云的虹
和一盏归家的灯
开着火红的心事

作者感言

长沙之旅，我在一家“时光慢递”店给男友寄了几张慢递，半年，一年，两年。在两年后寄出的那张明信片上，我写着：“亲爱的，我们结婚吧。”可是，后来，我们闹矛盾，我想起那些尚未寄出的明信片，想起那些信誓旦旦的美好，想起曾经的点点滴滴，突然感伤。爱情，就像一株木棉花，花开灿烂，何曾会顾虑风摧雨折。爱，要的就是无所畏惧。

爱情就是鸡蛋碎了有碗接着（优胜奖）

■ 赵聿

当孙子涵唱着《毕业后你不是我的》的时候
还是在动荡的高三年代
那时候我们还在一起
你告诉我：爱情就是鸡蛋碎了有碗接着

当《没有什么不同》盛行的时候
你已经爱过一个前任
而我只是前前任
我告诉你：爱情就是鸡蛋碎了有碗接着

当我们用同一只耳机听《相见不如怀恋》的时候
我们已经坐着火车
带着骄傲的爱情，在两个城市间穿梭
面对跌跌撞撞的争吵
我们总是告诉对方：爱情就是鸡蛋碎了有碗接着

作者感言

最初的线索是来源于高中时的一个朋友。某一次在他家做饭的时候，他一边打鸡蛋一边说了一句：爱就应该像鸡蛋一样，即使碎了也还有碗接着。我觉得说得很有哲理，便记在了心里。

后来上大学了，经历了很多事情之后，那个朋友也变成了男朋友。大概是在我们恋爱快一年的时候，某一天我突然提议为对方写一首情诗，我写了他保存，他写了我保存，等将来我们老了再拿出来看。

于是就开始回忆和他相处的时光。我们的关系经历了很多个阶段。我费力地把我们曾经喜欢过的每一首歌和他说过的那句爱情名言，以及那时候我们渐渐变化的感受，全都揉在了诗歌里。简单的几行字，这不仅仅是我们关系的变化，更是我们爱情的升华。不仅仅是我的创作，更是我们一起的用心经营。

他是一个总是糊涂的人，那句话是他难得清醒的表现，所以时常都能对我们起到告诫的作用。

大河（优胜奖）

▌张曦

无人看透
你之深沉
无人可想见
你之宽广
仿佛迢迢大河
你流向
苍茫远方

在你清流之上
我荡起
悠悠双桨
直溯那神秘莫测的清流之源
但见
两岸如画风光

给你（优胜奖）

▌严雅楠

举起被分解成碎片的时光
蓦然松开紧握记忆的墨水
与声波侧后的容颜交流
有更多的天悄悄显亮
我愿以爱斯美拉达的名义
阻挡彼此丰收的行囊
当你徒步绕过五月的浪漫
是否能收留意向的抵达

我不敢确信
每次的长久有多长久
仿佛一夜北风染绿我的呼伦贝尔
柔柔的目光毫无遮掩纯情
在你恣肆含羞的汪洋里
多想卸下几番轮回的包袱流浪
那盈盈满目的无尽秋波间
我只想住进你的河流
自由消沉

请让我淹死在你水仙般的温柔里
永远，永远

作者感言

诗歌是为大学期间相恋的一个回族女孩SJ写的。我们同在青海上大学，相识不久便开始接触并相恋。后来我们因为毕业各自回了家乡，一段感情终于不了了之。回想起那段时光，深感幸福而浪漫。虽不是初恋，但滋味至今萦绕于心头，久久不肯离去！时至今日，只能在心底默默地祝福她，祝她幸福永远！

给未知的恋人（优胜奖）

▌董莲莲

今天，我吃了一碗面
今天，我买了一双鞋
今天，我走过沙滩，留下一串脚印
今天，我仰望天空，投注一束目光
我多么希望
一个双数世界的
到来

作者感言

一时兴起，用真情实感表露对不久未来的憧憬。

短歌（优胜奖）

▌刘伯生

你爱我娇艳如花
又讨厌我小小的刺
你知道吗
那小小的刺儿
是我小小的自尊
小小的矜持

如果我是你心中的唯一
那就勇敢地向我走来
拥我入怀吧
那小小的刺儿
会羞涩地化为温柔的兰花指

作者感言

我和爱人相识于1988年端午节前，1990年结婚，现已度过银婚。当年席慕蓉的诗风靡全国，爱人说，你喜欢写诗，干嘛不给我写几首？我的爱人豪爽，有点女汉子的味道。我对她说，你像个爷们，我像个受气的小媳妇，要写也只能用女性的口吻写。于是，我就写了《短歌》。

我的迷路小姐（优胜奖）

■ 袁悦

等不到世界闭上眼睛
我就坐上了离家不远的那条长椅
风很轻　云很淡
脚下的泥泞　手里的相思
时间还是那么不近人情
不小心过了一年又一年

记得那时候我非常年轻
嘴角上扬　头发还没有长长
正像起初不经意的你
和少年不经事的我

一起做过的梦　游过的河
想起来就心酸到不行
听说后来你也曾穿山越岭
寻找爱情　寻找下一个自己

说什么陪伴才是最长情的告白
说什么厮守才是最浪漫的结局

不要嫌弃一个倒退的人
只有她的眼里布满路过的风景

而我呢
注定在你来时的路上倒退着
我不文艺不森女
只是相信过爱情　相信过你

有朝一日
我枯萎了容颜　干涸了生命
我仍旧会在路口等你
等你转身

我的迷路小姐

作者感言

不会长久的感情，也许才显得刻骨铭心。他走过的路，坐过的地方，清晨醒来的时间，拥抱后留下的温度……怀旧的人应该会懂。世界上有太多这样的感情，写不进史诗，成不了神话，但是爱过，天地共鉴，你知他知。不为别的，等待才是最美的神话。

童年的梦想已经遥不可见，但是依旧保持爱做梦的习惯。白日梦也好，噩梦也罢，这就是我。一个已经成人，却把左脑留给孩子，右脑留给老人的人。

大学期间我集中进行诗歌创作，偏爱海子，有过一段封闭式酝酿悲伤情绪写诗的经历，大多呈现黑暗和怪异，不被接受。

亦做过文字编辑工作，枯燥乏味，毫无创作可言。但终究没有勇气过上诗人的潦倒生活，故此我成不了诗人。只为自己，常怀一颗诗人的心，如此。

思念（优胜奖）

▌陈小西

那一日的清晨
你跪在塔尔寺前
双手合十　双眼微闭
一席宁静的素装
虔诚　低声吟唱

那一日的黄昏
你站在莲花湖边
白裙随风飘起
像仙女散落凡间
陶醉　如烟如歌

那一日的午夜
圣洁的雪山下
你转经的流年
度过一年一年
如泣如诉
我的思念

今夜（优胜奖）

▌刘之过

如果下雪
那么我会去你楼下
找一根树枝
在白茫茫的大地
写一千遍你的名字
你打开窗户就能看到
我的世界

醒（优胜奖）

黄钰程

三月
桃花穿越天空的心脏
却只是在梦里
沉默

三月
不曾摘下的花朵
已在指尖绽放
我们都在屏息　等待

远风拂起蓝色的窗帘
我的面庞　你的眼神
和遥远的故事
我们把粉饰的话语捣碎
把天空吹得　清澈

所有的沉默
都只为了　梦醒时

第一眼
就吻上你的
眉头

彼岸花　今世缘（优胜奖）

■ 张艺

一花
彼岸边上微绽
不为修福
只为深吻你足下的青莲

世界
恍若隔世的眼
不为沦渡
只为寻觅你背影的清浅

我忘了花　忘了世界
却仍记得你
柳眉　碎发　一朱砂

一叶
晨烟袅袅的现
不为参悟
只为护佑你曲裾的衣裢

菩提
抛掷俗世的铅
不为羽仙
只为匍祈你千生的乐安

我忘了叶　忘了菩提
仍记取　这
乌巷　梅伞　今世缘

作者感言

这是写给恋人的情诗。

春节期间老家的风俗是要去庙里烧香祈福的，我在下山时发现有人跟在后面，正要大声呵斥，结果那人过来相认，原来竟是初中同学，因变化太大我竟没认出来。我们聊了近况，居然都在南京读大学，于是很快就相互留下联系方式。过完寒假，我们两人一起回南京学校。此时我们已是恋人关系，男朋友常打趣“才多久呢，就不记得我了，好像隔了一世似的”。因此我就写出了这篇情诗。现在与男朋友感情很好，计划着毕业后一起在南京找工作，为在一起做好准备。

无题（优胜奖）

▌格格

繁华尽处
寻一处无人山谷
建一木制小屋
铺一青石小路
与你晨钟暮鼓
安之若素

青砖瓦房（优胜奖）

▌商云鹤

想和你一起奔赴远方
倚在颠簸公车上
空灵的音符在耳畔飘荡
我们去寻找青砖瓦房
和最初一样
依旧怀揣那个美丽的奢想
去寻觅一片安详

草木的园
雕花的梁
琵琶和着红杏飘出了墙
吾亦思吾亦想
是谁荒芜了桃源
是谁迷失了方向

这是我们向往的天堂
远离繁华一场
闲掬一杯茶香
卧看一抹残阳

任凭岁月轻淌

璀璨星空下
有一处青砖瓦房
伊人剪烛
照西窗

寻找（优胜奖）

亦名

我一直在寻找
我找到了你
就像找到了整个世界

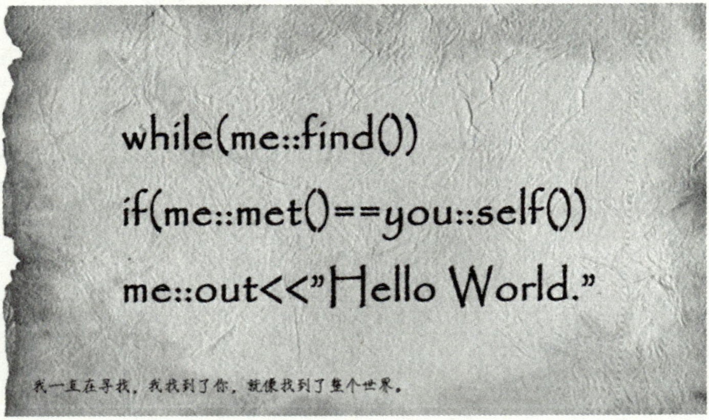

百字令·怀人（优胜奖）

▌楚心

闻
琴声
欲断魂
生死苦等
云深不见人
山一程水一程
春去秋来相思生
鸿雁传书痴心追问
流水落花自古终难成
有情无意处无从盼永恒
忆往昔空对笺字生恨
情不由己美梦归尘
泪尽无奈将命认
喟叹有缘无分
及伊人转身
草木孤城
雨纷纷
不忍
分

作者感言

这是看了“网络微情书·百字令”之后，有感于自己的感情经历所写的文字，正反可读。对已逝去的情感，早成为回忆。

我喜欢这样想着你（优胜奖）

▌张灵娇

倚在窗棂旁，想你
倚在窗棂旁，推开蒙蒙薄雾
在烟里、雾里
写下想你的思念
交错的记忆在
雾里看花处若隐若现

伏在案头旁，想你
袅袅书香扼住了呼吸
搁下纸笔
伏在案头，叨扰时光
细碎想你的时光
镜中水月处温暖昔年

我喜欢这样想着你
一抹光晕、一盏油灯
静坐一旁，铺开想你的笔墨
就这样想你

我喜欢这样想着你

无关风月染笔

作者感言

柏拉图的爱恋，无关身体，无关现实。邂逅网络，彼此交心。约莫半年之后，因为一些原因不再来往。

献给你的夏日之花（优胜奖）

▌彭龙赛

田野上的花蕾，
星星点点地召唤着希望。
然而漫天的星辰，只有一颗
能成为你眼中的倒影。
我，在一个夏天的午夜，
不经意上扬了嘴角，
那细微的弧度化作一串涟漪，
逗留在某个未知处。

此时，你从五光十色的喧嚣中走来，
如一捧清泉，
清澈明亮，恰好填满了我的心房。
从此冬暖夏凉都是你。

从好奇到凝视，世界一片寂静，
透过你的眸子认识我自己，
再穿过我的杏眼描绘你。
我们在含情脉脉中渐行渐远，
只为看清，爱的尽头究竟会是什么。

找到答案，也许需要一生的时间，
我固执的心早已知晓，
却依然风雨不动，坚定如初。

清晨和夜幕下，
默默吐露芬芳是我最虔诚的祈祷，
唯愿在最好和最坏的季节里，
绽放你最爱的绚烂与温柔。

作者感言

这是献给我男朋友的一首诗。我们俩是2013年夏天认识的。当时我和同事朋友们去KTV唱歌，他是同事的朋友，因为有事快11点了才到。经过同事介绍，我们可以说是一见钟情。当时我身边的朋友基本都是单身，因此我们就像田野上的花蕾，星星点点地闪烁着。但可能是命运吧，我们俩一下就看对眼了。总之，我希望能在他开心的时候给他带来绚烂的笑容，在他不高兴的时候给他温柔。整首诗就是围绕夏日之花与清泉来写的，我觉得很贴近我们的爱情，希望我们能一直走下去。

青柳（优胜奖）

魏建军

谁在雾霾阴沉的冬日
望着枝干萧瑟的一线天
谁在不能继续的谎言里
以折柳为名相许
当四处还很寂寞
你不远千里万里的绿意
层层涤荡着不堪于世的疲惫
该怎样对你好呢
在这个春天
是个哈姆雷特的问题

第四章

眷恋

卿须怜我我怜卿

情书（一等奖）

▌邓奎龙

我期待有一天
晚霞和朝阳一起出现
你和我坐在云巅
追着风儿，逐向永远
我期待有一天
阳光会走得很慢
我们佝偻着背
笑谈着步履蹒跚
我期待有一天
我躺在泥土里
看着旁边的你最美的笑脸
看到我们约定的海枯石烂
我真的期待有一天
轮回到邂逅你的那个从前
温柔地看着你撑着伞走到
那座有着诸多传说的石桥边
我真的期待那一天
再次走到你的身畔

轻拍你那瘦削的肩
嘿！妞，好久不见

作者感言

自己长期漂泊在外，这首诗写的是自己对爱情结局的憧憬。干工程，到处跑，长时间不在她身边，幸运的是，我们是要走到永远。

我在这里·等你 (三等奖)

▌刘紫筠

这是世界上最简单的一句
我在这里
归来的燕是你，我是你喙上的泥
这是世上最近的距离
但我只有一句
我在这里

这是世界上最复杂的一句
我在这里
秋雨卸了红装，我守护在你身旁
这是世上最远的距离
也许是心有灵犀的秘密
我在这里

这不是世界上最简单的一句
因为我还想说，我爱你
但却不及这句的痴迷
这不是世界上最复杂的一句

因为我还在寻觅
寻觅这烟雨楼头，断鸿声里的足迹

我在这里
也许是流星的轨迹惊动了你
也许是那泰戈尔笔下的诗句
让我超越了距离
站在这里，等你

作者感言

2014年1月1日凌晨，人走着走着会走散，思绪想着想着会乱。也不知是什么时候说的这句“归来的燕是你，我是你喙上的泥”。一直认为，不违初心，便是天晴。可到如今，也就剩这一个人的喃喃自语。我在这里等你，也许真正的燕子归来还在下一个春季……

想你（优胜奖）

▌蒋建明

总有一些东西
让我忍不住地想你
或者阳光　或者细雨
或者掌声　或者荆棘
或者一树无名的花开
或者一首陈年的歌曲

总有一些故事
让我努力地忘记
比如离别　比如相遇
比如照片　比如日记
比如海滩上一个了无人知的梦
比如夕阳下一串心事重重的足迹

你的微笑在云端　在远方　在心底
我的期待在人海　在未来　在过去
我睁开渴望的双眼
在芸芸众生里
看到的只有我自己

也许

想你　注定是我今生的宿命

忘记　不过是我卑微的抗拒

云书（优胜奖）

■ 练继滨

我把思念
写在云里
求云儿载着它
满世界找你
云载回你的笑靥
我把你的笑
刻在心里

我把痛苦和泪水
搬到云上
求电闪雷鸣
烧它个一干二净
昨夜偷偷下的那场雨
就是泪水优雅的尸体

可
云太轻　太轻
太轻
我只有把棉花糖

当做云

捏出你的模样

我的模样

我们的模样

找一阵风寄给你

想象着你嘴角

残余的甜蜜

作者感言

2011年年初，她未曾回乡过年，两人天隔两端，我写此诗为除夕夜发给她的短信。

写在心上的情诗（优胜奖）

▌冬原

今天
是分别周年的日子
在遥远的异乡
我们种植的笋竹渐渐长大
而对你的思念
也像竹林一样郁郁葱葱

在劳累和困苦的伴随中
为了你
为了孩子
我无怨无悔

朋友说
不要独守空房
城里漂亮妹子很多
何不去消遣消遣
男人就要把握时机
风流一番

我说
我不懂消遣
也不会消遣
老婆嫁给我那天起
风流就已远去

朋友又说
俗
俗不可耐
笨瓜一个

我又说
我是俗
本来就是俗人笨瓜一个
举止俗言谈俗
写的诗也俗

可有一样不俗
那就是对老婆的爱
是人世间最珍贵的
再多的美色
也不会交换

妻
我想你

作者感言

2000年的时候，我从海南岛来到云南建水县，和几个朋友承包了一片土地，种植笋竹。在那些日子里，我非常思念远方的妻子，也写了许多诗歌，只有这一首不是写在纸上，而是用最朴实的语言写在心上的。每当远离妻子的时候，我都会经常地默吟这首诗。今天借情诗大赛的机会，从心上抄录下来展示给世人。

重复（优胜奖）

▌刘承宁

陪你到老
把人生百味尝遍
一千遍的爱你说不够
那就说一万遍
陪你到老
看日出日落
朝阳和夕阳浑然一体
你我已经分不出你我
陪你到老
重复一天天的重复
太阳出来了
每天都是新的

你是我未完成的素颜诗（优胜奖）

▌徐文娟

我家楼下的那些树
挥霍了我的青春
也负担了我许多心事
它们被藏得很深很深

小小的心事
有年少的梦　也有梦碎的惆怅
我把它们晾到衣架上
一件紧挨一件的拥挤不堪

我把它们写到宣纸上
你是极轻极浅的一笔
却又是其中最大的一桩心事

青春终将逝去
越发无处安放我的一颗　相思而寂寥的心
我的心是一座小城　一座最小的城
只能住一个人

我期待充满草莓气息
清新　香甜又可口的爱情
它缠绵而迅疾
如夏日午后的雨　不知所起
却已匆匆落下　让人无处可逃

我渴望单纯　实际的感情
一种有根基的感情
像大树一样稳稳生长
逐渐枝叶繁茂　逐渐不可拔离

在那人间四月好时节
也许　我们曾经相遇而浑然不知
那些路过你也路过我的好时光
是这段未开始的恋情的唯一证人

一个人的日日夜夜
等你的日日夜夜
有时紧张　有时彷徨　有时期待

我决定用一种　近乎永恒的方式

来收藏纪念等你的这桩心事
以便多年后还记得　自己当时
曾经忧虑　欣喜　困惑
期盼的样子

你是我未完成的素颜诗
我水墨画中　刻意的留白
卷轴上　画不出的　谁

起风了　穿越生命里的浮尘
我终会遇见你
然后　再俗套不过的结尾
执子之手　与子偕老

这首未完成的素颜诗
仅献给我命中注定的爱人

如果你愿意
请细细咀嚼以上文字
我在诗里等你

作者感言

这是我为缅怀大学毕业后的青春迷茫时期而创作的。我模仿当时的心境和口吻，写给未来的爱人。那是我人生经历中最为痛苦的时期。那时还没有固定的工作，也没有男朋友，在家成了大龄剩女，父母逼着我去相了几次无果的亲。我那时工作爱情两失意，心理上承受着不小的压力。曾经想为了结婚而勉强自己接受没有感觉的人，但我一幻想两人可悲的将来就果断结束了不可能的关系。人生低潮过后，我在文字上的努力，小小地改变了我的命运。我有了一份还可以的工作，现在也有了自己的可爱的宝宝。仅以此诗缅怀当时忧伤的自己。

致爱人（优胜奖）

■ 廖建中

远方很远
远方很近
远方是一道模糊的背影
是一颗纯净的心
往事很重
往事很轻
往事是我给自己的枷锁
是一封你写的信
穿越人群
去寻远方你的背影
擦干泪水
拾起破碎的心
却始终无法打开
往事那把枷锁
再一次翻开了
你写的信

作者感言

你的背影如此之远，而你在我心中的形象却如此之重，以至于我卸不下内心的“锁”，只能一遍遍翻阅你的来信。

当我老了（优胜奖）

▌祝林辉

当我老了，时光静静
岁月翻不起滚烫的云朵
光芒射不出激烈的温度
闭目深思，回忆流淌

初吻的柔软不敢大声诉说
你我牵手走在荒芜的铁轨
爱，就是回首时刻
依旧一刹那的羞涩

当我老了，我不再做梦
年少时，爱过你疯狂的欢乐
爱过你匆匆走过飘起的裙裾
爱过你从未望过我的迷人眼睛

我听到近处的掘墓声
埋藏起一段遗憾的记忆
当我老了，我收藏起我的痛苦和欢乐
我们的爱情留在了岁月的皱纹里

我在夕阳下开始折叠那段岁月
我收藏好偷偷爱过你的那些日记
连同我的身体
一起埋葬在苍老的土地里

作者感言

当我老了的时候，我会发现过往的遗憾因为有了距离而变得可爱，过往的爱情成为永久的记忆。即使没有在一起，但是我还是收藏起了我偷偷爱过你的那段岁月，连同我的肉体一起埋葬在土地里。

柿子树下的诺言（优胜奖）

▌刘北平

1986年夏夜
我们并坐在清水河边
微风吹动你的衣衫
青涩柿树底许下诺言

我当农民拉车送肥
你就抓起锄头劳作田园
我当木匠拉锯解板
你就拿上墨斗陪我画线
我当矿工下井挖煤
你就操起炒勺为我做饭
我重病在身常住医院
你就陪我到老永不心变

转眼已近三十年
柿树依旧溪河岸
油盐酱醋红颜去
粗茶淡饭总心欢

作者感言

看到活动，回想起自己高中毕业时谈恋爱的情景，把当时的境况和回忆写成这首诗。目前已成家立业，与诗中提到的人已共同生活25年。

无言的情诗（优胜奖）

▌赵玉明

爱，不曾表达，
是扛着俩锄头一起下地，
是背着一双手一起回家。
是一万多个平凡的日子，
是一辈子无声息的牵挂。

爱，不曾表达，
是拔去他头上的白发，
是洗净她摘下的假牙。
是离家时无言的守候，
是重病后眼角的泪花。

爱，不曾表达，
不眼红别人的好日子，
却堆砌出幸福的海拔。
简单得犹如一杯清水，
也丰富的似一杯热茶。

作者感言

写一首或者收到情诗，对于很多20世纪五六十年代的人来说，是一种奢望。像我的父母一样，由于文化水平所限，写不出也读不懂，但不代表他们没有爱，他们只是没有以情诗的形式表达而已。父母感情默契，少言寡语，在我看来，这无言的情诗，平凡中更蕴藏伟大。

与妻书（优胜奖）

▌张之

妻，当我干涸时，你是一场及时雨，
湿润我的眼眸和皲裂。在内心隐匿雷霆与风暴，
让肋骨拔节，成为春天的桃林和栅栏。

妻，在我迟疑时，你是迅疾的闪电和
被火焰淬打的匕首，灼热、疼痛、锐利，
剜除体内阴云密布的幽暗。

妻，在我寒冷时，你是旷野的野菊花，
拎着自制的花布灯盏，也会吹落，也会熄灭，
而芳香萦绕不散，成为我绵延的体温和呼吸！

妻，你是雨天撑起的一柄江南的油纸伞，
和伞下熟谙的面孔，在涟漪里流失踪影。
是向晚的灯火，和灯下开门的人。
是我写在纸上的一粒汉字。它方方正正，
横平竖直，像镇尺，压住纸角掀起的风声。

妻，当我怀念时，彼此对望，不言不语。

你中有我，我中有你，眼睛摄下时光的背影。
——我们曾经年轻过，还将要一起慢慢老去。
揪下来的几根白发，那么白，在掌心里等待融化。

作者感言

这是结婚20周年之际，对夫妻生活以及夫妻之间感情忠贞的感悟所写的小诗。

爱是老去（优胜奖）

▌长颈鹿先生

爱是老去
你用辫绳扎起的白发
一边系着时光
一束捆着年华
不敢绑得太紧
怕回忆勒得太疼
也不敢随风散发
怕忘了
爱究竟是要去哪儿

爱是老去
你褶满沧桑的脸颊
青涩吻过
那痕
又被成熟拭擦
那些年期待地捧起
如今都温柔地放下
那些微笑
笃定地像是回答

爱是老去
你喃喃地在我耳边
你说
老头子　你还好吗
我只是默默地望着你
隔着墓碑
没有说话

作者感言

某年清明，前往墓地为故去的外婆扫墓，偶遇一位上了年纪的老大爷站在墓碑前，像是给自己故去的老伴念着什么东西。我凑近一听，应该是老大爷给老伴写的情书。虽然是极为平凡普通的话语，却让我的内心久久不能平静。而后返京的路上，那场景一直在我脑海中浮现翻滚。在一路向北的火车上，我写下这首《爱是老去》，想来纪念一段让我几度哽咽的真挚爱恋。

第五章

热恋

相思始觉海非深

思念的味道（一等奖）

▌张颖娟

思念是有味道的
我蘸了一滴于唇边
好似辣椒，辛猛无比
思念是辣的
我舔了一点于舌尖
犹如蜂蜜，甘甜醇厚
思念是甜的
我咬了一颗于齿间
也似梅子，软了牙根
思念是酸的
我吞下一口于喉头
又如黄连，难以下咽
思念也是苦的

思念是有颜色的
我看到了它如红般的火热
似绿样的活力
蓝一样的沉寂
紫一样的浪漫

粉一样的温馨
黑一样的庄严
还有白一样的纯洁

思念也是有重量的
它曾多少次沉重地砸在我心里
我分明感觉有如千斤重的疼痛
它又多少回轻轻地飘荡在我头顶
我屏住呼吸，害怕一不小心就地将其吹得无影踪

思念还是有温度的
我捂它在手里
手心里渗出了汗滴
我载它于脸上
脸颊烧起红晕
我穿它在身上
不住地打起了喷嚏
我装它在心里
时而炽热又时而寒冷

思念如沙子
随风吹进我的眼睛

眼泪随之而下
思念似刀刃
扎在我心头
心痛得不能自已
思念也同天使
它伴我度过无数个无助的瞬间
思念是指南针
它牵引我走过多少迷茫的十字路口
思念如母亲的怀抱、父亲的手
让人依恋，叫人不舍
思念又如夏天的凉风、冬天的暖阳
令人舒爽，使人温暖
思念也是春天的寒流、秋天的落叶
叫人无奈，也叫人伤怀

思念是你深情凝视我的双眸
让我向往又害怕正视
思念是你决裂离去的背影
叫我欲罢不能空余惆怅
思念是你轻拥我的温度
暖暖地想要永远
思念是午夜独自唱情歌的落寞

雨中漫步的孤寂
独舞的诱惑，喋喋不休的烦躁
思念是甘泉是烈酒，是甘是苦，是爱是恨
是温暖是寒冷，是希望是失落，是拥有是别离
思念是我的，是否也是你的

作者感言

写于2011年冬，武汉。这篇是写给长期分居两地的爱人的，是十多年两地分居心境最真实的写照。

你不遥远（优胜奖）

王金龙

因为你是蓝天
我像信徒一样虔诚行走
只为缩短与天的距离

因为你是碧海
我如蝴蝶一般艰难渡海
只为陨落在你的怀中

因为你是骄阳
我便自比夸父以命逐日
只为触碰到你的温度

你说
我的自卑像天空一样无处不在
我的孤独像碧海一样深不可测
我的偏执像骄阳一样灼热难挡

最后的最后我明白了
遥远的不是你

而是我这颗不停燃烧的心
为谁燃烧
只为你

作者感言

这首现代诗歌是为了纪念我在22岁时，那段懵懂青春里最炽热的爱情。那时我是一名普通的大学生，爱上了一个大我3岁的女孩。她很美，如画中仙女，也很优秀，不让须眉。阴差阳错下，两个不同经历、不同民族、不同信仰的人走到了一起，相遇，相知，相爱。然而繁华落尽，一切回归现实的时候，她的一封信结束了这段遥远却又深刻的感情。

记得信的内容是这样的：金，可能我们需要冷静一些了。我明白，与你这样的文艺青年谈分手，我至少应该多写几个字，应该多描述一些我内心的不舍与纠结，甚至痛苦。但是我做不到。年龄、信仰、民族、生活习惯，我们没有一样是合适的，但造化弄人，偏偏我们走到了一起。如今，你面临毕业，我被逼婚。理想终究不是现实，如果你恨我，那就尽量多恨一段时间，最好是一辈子，因为这样，我就会知道你还没有忘了我。再见，金，可能再也不会遇见。

收到以电子邮件寄出的这封信后，我沉默了。尽管我熟练1万种文字的表达方式，但我终究没有回复那封邮件。而是写下了这首诗歌，用以缅怀那段敢爱敢恨的岁月。

我不承诺（优胜奖）

■ 律时刻

我不承诺能让我们大富大贵
但我有一个馒头肯定分你一半
我不承诺可以有傲人的肌肉
但我可以让你靠起来温暖踏实
我不承诺可以让你每天有惊喜
但我可以让你放心没有惊吓
我不承诺可以给你豪华房子车子
但我可以给你家的温暖　出行的方便
我不承诺婚礼可以惊世骇俗
但我可以让你铭记一辈子
我不承诺我们之间没有争吵
但我希望可以为彼此的付出而骄傲
我不承诺孩子像你还是我
但我希望他是健康快乐的
我不承诺七年没有之痒
但我希望仅是痒痒而已
我不承诺可以让你人中显贵
但我自信可以让你不输于人
我不承诺十年　二十年　五十年

但我希望彼此珍惜在一起的每一天

我不承诺我先走　还是你先走

但我希望一生有彼此足矣

我不承诺我的承诺

踏实去做　才是我的承诺

相思口服液（优胜奖）

■ 无味子

为什么把密码告诉QQ
她经常来串门
让我不能清净
为什么把电话告诉梦
她老是半夜三更
把我吵醒
为什么把心里话告诉照片
每次相遇　她都看得
我脸色发红
别让她们干扰我
我要一个人慢慢地品尝
你寄来的相思口服液

待我白发苍苍（优胜奖）

▌苑严华

待我白发苍苍，和你过悠闲日子
养鸡、种菜，牵手、散步
待我白发苍苍，静静地回忆子女成长
叫上每一个子孙，讲述我们的甜蜜故事
待我白发苍苍，细数你脸上幸福的皱纹
哪一丝，是我为你添加
我要将这幸福传递给每一个人
祝愿有情人，终成眷属
普天之下的情侣，我要为你们送上祝福
愿你们的感情温馨而浓烈
愿你们的生活洒满阳光
愿你们的前程无限光明
待我白发苍苍，依然给你
倾世温柔

远方有个忘不掉的你（优胜奖）

▌安学谦

每一个望向远方的温柔眼神
都是一份胜比千言万语的思念
我的眼睛
已看到视线的极限之外

致爱人书（优胜奖）

▌李元业

这些年，你牵着我的手
走过尘世的眼光
虽然我们贫寒了一些
但你依然会偎依着我的肩膀
笑看红尘家常琐碎
变成了我们生活里的泥丸
就让我轻轻在你额头一吻
除了我，谁也不会知道
你皱纹的额头
曾经沧海，和我一道迎风破浪
成了坚不可摧的盾墙

亲爱的　我们去旅行（优胜奖）

■ 刘熊梅

带上墨镜
带上假发
带上指甲刀
带上胡子
带上你的手
带上你的嘴
带上你的睫毛
带上你的脚指头
我们去旅行

再装整整一瓶的阳光
再灌满满的一壶好酒
再满满地抓一把浓情蜜意
塞进我们的行囊
亲爱的
我们去旅行

走着去
游着去

飞着去
最好你背着我去
让我把你累得气喘吁吁
然后再换我背你

还要带上你的画笔
还要多带几管颜料
还要带上画布
还要带上什么呢
还要带上我
你的模特
在落日的余晖里
让你画个够
你可以在画布上画
也可以在我身上画

亲爱的
我们去旅行
带着你去
带着我去

作者感言

爱上一个人的时候，朦胧又带着幻想，幸福又带着忧伤。陷入爱情的人是傻的，爱情本身有时候就是傻傻的，清醒的爱情不叫爱情。这首诗是期盼着能和爱的人一起去旅行，但两个人的缘分变了味，最终走向了尽头。所以用这首诗祭奠死去的一段缘分，迎接生命中真正的爱。下一段旅行，一定会与爱人同行。懂得爱，珍惜爱。

相爱在香巴林卡①（优胜奖）

▌张青松

迷住双眼的往往不是风沙
到头来领悟的还是真情无价
转经筒刻着前世的约定
我和你相爱在香巴林卡
爱是今生来世最美的牵挂

在蓝天白云万道霞光的家
我和你相爱在香巴林卡
在青稞酒飘香的天堂
种什么梦都会自由自在地发芽

当你知道心中拥有圣洁的爱
请把那淡淡的忧伤轻轻放下
让莲花湖荡涤心上的尘埃
让袅袅禅音把躁动不安的灵魂净化

---

① 香巴林卡位于青海省湟中县，塔尔寺旁1公里。这里风景宜人，网友有“南有香格里拉，北有香巴林卡”之说。

你要向蓝天表白，你要向白云说话
如果有一天不得不离开她
一定要带着我
和对这片土地虔诚的信仰
就这样不舍地走向海角天涯

我是你的冬天（优胜奖）

▌文案公社

总有人给你繁花竞艳的春天
总有人陪你热情饱满的夏天
总有人等你硕果盈香的秋天

而我
是你的冬天
虽然寒冷使人退却
但奔涌的血延续热烈

和你独守窗外的飞雪
为你像土地一样沉默
在你希冀安静时
轻轻燃成黄昏一盆温柔的炉火

在冬天的光阴里
我寂寞守着
只等你感受我的存在
发现我盛满的欢乐

我是你的冬天

燃烧着爱的甜蜜落寞

不顾一切

永远（优胜奖）

▌刘大伟

永远不要让自己靠岸
也不要打听永远有多远
在路上，我们将一直歌唱
一直膜拜诗歌和东方的光芒
并成为彼此的歌者和听众
不时共鸣于一曲古乐的消亡
亲爱的，如果你善识水性
请打捞起那些漂流多年的芦花
那是水面上永远落寞的奇葩
宛如多年前的我
频遭命运逆流的重压

永远，这个宽泛的概念
包含了多少幸福和苦难
如今，我们已摘掉各种面具
在彼此的心房裸奔，慨叹
用幸福勾画门窗，将爱情和浪漫
反锁到里面。试图酝酿新的改变
譬如那盘混沌的炒饭

可否换成今晚清爽的面片
如此琐碎的画面，如此
亲切的闲谈。我们不曾挥霍世俗
在岁月的长河里，一切
凭眼神去交换，用心安放昨天

在西宁，在安宁洁净的古城
在郁金香绽放的广场
我们席地而坐，满目湿润
因幸福，拮据或者忧伤
多想静下心来，以虚拟的笔触
重新关注你的美丽和点点泪光
你的温柔，你嘴角浮起微微的倔强
无日无夜，触摸贴心的幸福
亲爱的，嫁给我是你一生的赌注
我怎能忍心让你输，怎能
让你在青春的华盖下黯然失色
今夜，你明眸如水长发如瀑
盈满我三百六十五个悲喜交错的
心湖
这些低眉而歌的文字

离不了忧伤也离不了幸福
它们只属于挚爱者低沉的歌喉
属于围城者最后的归宿

作者感言

2008年8月，我和相恋了8年之久的爱人结婚。那是一个让好多人激动的年份，因为奥运，也因我们的婚姻。1年后的8月，我写下了这首诗，结合恋爱时的浪漫情怀与结婚后的琐碎生活，我必须给爱人一个明确的交代——嫁给我是你今生最大的赌注，我怎能忍心让你输；也必须在今后的漫漫征途上，相依相携，共度余生。我们从师范大学毕业后，选择了教育行业，让彼此的爱在校园中密密穿行，以期开出更加灿烂的花朵，更为丰硕的桃李。

你在睡梦中（优胜奖）

▌晓安

你还在睡梦中
鸟雀已吵醒老街
这是个节日
包子铺冒着热气
市集人声嚷嚷
有卖香火，有卖糖粿
你的窗子很明亮
蚂蚁踩着阳光
在窗台上走走停停
瓜藤爬上旧厝顶
开出黄花八九朵
两双拖鞋在阳台上说悄悄话
屋顶刚洗过的衣裳风中飘摇
坐在竹椅上
太阳在红地砖上画黄格子
从第一块涂到第五块
当你醒来时
我会告诉你
爱着你的清晨

那么美
那么静

作者感言

两个人已经去了古城的很多地方，从海边到山寺，从黄昏到天亮。初晨的风很清澈，阳台阳光熹微，用铅笔写下了这首诗。等我们的孩子长大，等哪天两人都白发苍苍，它就做青春的注脚，在浮夸的年代，我曾写过小情诗给你。浮夸的年代，愿得一人心，白首不分离。

四月 (优胜奖)

▌有白

我在四月里看你
坐在四月的火车
看窗外四月的风景
我只有自己
你看旁边的他们
那么多人都没你
那么多笑声都没我
孤单在喧闹旁边总是很明显
我在四月的火车上伤心
天光云影都不能抚慰我
我愤愤地想
我要把孤单给你
还有泪水，无限的不安
这旅途中所有的感叹

我从四月的火车上下来　跑去看你
我在四月里看你
你站在一群灰色的树旁
目光悠长

那认真的模样
像四月一样晴朗
什么都不用说
白白的云朵都低着头
看你拥我
像是我生长在你的怀抱
自然而欢畅

四月
它带我来
也要带我走
还是四月的火车，四月的风景
可我还有你
你站在我的座位旁
我仰着脸看你
思考着这是你的离开还是我的
这时　四月的你俯身带着无限的柔情说
“不行，再抱一下”

原来
我们都不曾离开
我坐这四月的火车回去

亲爱的
我忘了把眼泪给你
可这现在让我欢喜

作者感言

此诗写于2012年4月初。我与男友是异地恋，他在长春，我在郑州。这是我第一次坐火车，第一次跑去看他。我们刚开始恋爱，就一直处于异地，那种感觉幸福而心酸。

因为担心我，他执意花钱买了一站火车票，只为把我送到座位上，然后给了我一个拥抱，就下车了。对面的女孩拍拍我，示意我瞅窗外。我看见他对着窗户用嘴型告诉我，他会想我，他爱我。这种感觉，让我幸福。

第六章

苦恋

为伊消得人憔悴

我想我病了（一等奖）

▌徐戈

醒来的瞬间就看见了你
叠的被子是你
挤的牙膏是你
就连吃的米饭
也是你
走的路上是你
校园广播里的声音是你
操场上投篮的是你
开水房排队的是你
闭上眼睛还是你
我想
我一定是生病了
而且
药也是你

作者感言

高中时期暗恋一个同学，看到情诗大赛有感而发，想起当时的心情，遂写下情诗投稿。

忘川（三等奖）

▌马烨

你是
潇湘寒水北流
洞庭的秋天
在我风餐露宿的无际岸边
你挥出的衣袖
化成渐远的一程孤帆
而我
只曾是你
马不停蹄飘过的一座驿站

你是
巴山夜雨
我闲敲棋子时
灯花坠落　灼手的想念
在我楼台临眺的踌躇里
你是我只能目送的巫山云烟
而我
只曾在你
无心投下的云影里面

滔滔忘川之上
尽是我枕落午夜的无眠
痛饮吧
忘情之水
为了前面的命运
我系上
颠沛流离的马鞍

作者感言

2008年深秋，独自旅行，故地重游。多年前和初恋女友年轻而张扬，满腹未来的希望。于故地的楼阁相拥远眺，于湖边前后追逐，于夕阳将尽的晚霞中轻吻……此般画面穿越时空，汹涌而来，感慨物是人非，遂有此作。

我不知道你在哪里（三等奖）

汤道远

我不知道你在哪里
就像看不清风的方向
听不到鱼在潜底

沉默的渡口
那时候我说送你
你摇摇手
轻声说不必

梧桐琵琶细雨
柳絮因风而起

落雨的桥头
你不知道我在等你

就像看不清风的方向
听不到鱼在潜底
我不知道你在哪里

2013.7.23

作者感言

从高中时我用邮件写下了那句“珍惜眼前人”，第一次向你承认了我喜欢你的心意，到后来你高考结束的那个晚上，我与你第5次错过了。

如今，再忆起那些已经是很多年以后的事情了。时间伤人，最终我们都会一滴不剩。成长让我们告别了幼稚，也让我们学会了在日复一日中单调地生活。生活终于把我们的棱角磨平。终于，我们的心灵渐渐地变得迟钝。

只是，看着秋雨不止，还是会莫名其妙的伤感，似乎是触及了某些记忆吧。我无法忘怀。那就让我静静地为你祝福吧：愿你永远穿漂亮衣服，我的女生。

爱你多久也是开端（优胜奖）

▌朱应召

我爱你
已经爱了十年
爱了十年
却仿佛只是一天
爱你多久
也才只是开端
十年的时间
算不上漫长
只是三千六百五十个黑夜
和
三千六百五十个白天
三千多个日日夜夜
你时刻都在我的心田
即使在睡梦里
也未有片刻离去
更没有
踮着脚尖走远
这是因为我爱你
就像爱着自己的心肝

你就住在我的肺腑里

我的肺腑

就是你的宫殿

作者感言

《爱你多久也是开端》是写给明星赵薇的情诗，是让赵薇成名的《还珠格格》播出大约十年的时候写的。这是一首以粉丝身份写给明星的情诗，只是把它用在任何人的爱情上，都是行得通的，因为所有人的爱情都是相通的。因此，虽然写的时候出发点是写给“小燕子”赵薇，但成稿后，却成了一首可供天下所有有情人共用的情诗。

一个人的诗（优胜奖）

▌徐戈

我真想
从这里
逃出去
找到你
紧紧拉着你的手
像两个发疯的小孩
奔跑在春天的小路上
一直跑到大人再也找不到我们
蓝蝶飞舞
彼岸花开
就这样盖着晚霞
直到我们全都睡着
千年后　化作一堆白骨
可惜，
这只是我
一个人的诗

作者感言

这是我高中的时候喜欢的男生被学校开除时，我看着他拎着行李走出校门时写的。因为高中的时候和喜欢的这位男生都喜欢听周杰伦的歌，所以将歌词“就这样盖着晚霞，直到我们全都睡着”作为诗的一部分。

没定义（优胜奖）

▌shy左拉

大雾模糊了眼睛
让我看不清道路
也看不清你

风
吹得有些急
雨却下在心里
风吹着雾
却未曾想过
把她吹到哪里去
你给的温暖
你给的感动
又该如何定义
没定义

没定义
像那阴晴不定的天气
蒲公英
在风中旅行

一站又一站永不停息

而我

却不想你只是路人

甲　乙　丙

没定义

又该如何定义

我傻傻地站在原地

等

你的定义

作者感言

高三复读那年，跟他是同桌，却一直以铁哥们的身份喜欢他，自己也搞不清楚他是不是喜欢我。两个人算是精神伴侣吧，喜欢在课堂上一人一个耳机偷偷地跟着音乐律动，喜欢在小小的课桌上创造不同的惊喜。此作品是我们俩人比赛写歌词所创作的。每个人都会有一段刻骨铭心的往事，或甜，或酸，或凄楚，或遗憾。这段感情的路上，从甜蜜的起点到曲折的感叹，曾笑过，哭过，挣扎过，妥协过，最终还是面临分道扬镳的结局。我们都在这一角落患过伤风，少年，谢谢你，赠我空欢喜。

岁爱如歌（优胜奖）

▌丁小彬

如果世界上没有你，春天是不是会有花开
如果世界上没有我，秋天是不是会有叶落
心缠绕在一起，却要彼此分割
人世间沧桑的爱，为什么拥有时却已是日落

暖暖的云朵在我们头顶飘过，一朵又一朵
闭着眼睛，用心感受春风的抚摩
橘黄的鸽子，是不是有话对我们诉说
可是伸出手时，她却擦肩而过

没有高山，没有大河
咫尺的距离，却是天边的过客
化作一对小鸟
在蔚蓝的海面，一直飞行着

不知道对岸会有多远
不知道对岸有些什么
即使沉入海底
也能听到天堂的歌

作者感言

这是一年前写的作品。大学时对一个女孩儿特别有好感，觉得她温柔善良。我做过一些伟大的举动，但是最后她还是没有选择我。于是我只能做个旁观者，自己对她的思念，千言万语都无法表达。后来毕业后为了自己的梦想，去了不同的城市发展。她也认识了新的对象，然后结婚。他们的生活也有争吵，也有抱怨，也有不如意。走过的路，做出的选择，不是每个人能预料到的。毕业后的几年里，有时候静下来，想起一个人，一段时光，这种微妙的感觉只能靠文字去抒发。

当时写作的时候正在听《星空》这首纯音乐，想起她的笑容，社会上一些“80后”的现状，我们走过来的点点滴滴。或许等到老的一天，我们对爱的理解会更加深刻，知道真爱是什么。岁月会让人更加成熟，我不想计较我失去了什么。路在前方，怀念过，收获过，感动过，沮丧过，这就是生活吧！

等（优胜奖）

▍曹智龙

远望吞没你身影的门
路灯光下只剩落雪
和孤单的灵魂
我站了很久很久不敢离去
只怕丢了眼前你的影子
冷了空气中你的体温
我要如此站到深夜
站到清晨
再站到黄昏
站完这一生
站一世又一世
待某天
那扇门轻开
你向我笑脸相迎

作者感言

此诗写给一个和我今生不可能在一起的女子。我们互相爱着对方，但因为各种原因最终不能在一起。

E大调·离别诗 (节选)(优胜奖)

▌霜眼

没有什么是过不去的
除了我吝啬那些甜蜜的心脏
我想把这种动了贪念的不祥之物
深深地埋在土里，让它腐朽
却又害怕它会发芽生根
长成结满悲情果实的参天大树

作者感言

其实能说的在诗里已经说尽了。现在两个人都有了各自的生活，往事就不必细讲了吧。

痛苦的歌唱（优胜奖）

▌祝林辉

暗夜的风中撕开一道口子
愤怒之声割断了喉管一般
好像坟墓里的幽怨，悠悠扬扬
丝一般
不断

痛苦的喉咙上下翻滚
好像看到了血脉的喷涌
长久的黯然失色
在奄奄一息的一刻

那一刻
我的歌声刺进了空气
轻轻扬扬地飘荡
路人驻足，光线停息

我的一生仅此一次歌唱
就经过了你的耳畔

上帝在微笑

从此，我的歌声只为经过你

作者感言

为了一个渺茫的希望，我们常常会全力以赴。经历作茧自缚般的痛苦和黑暗，就像焰火灿烂一次就意味着最终的毁灭。也许所有人都在惊呼我的美丽，但是于千百人中，我只为照亮世界，以便看见你微笑的一瞬间。那时候的我，执著一念，而你，终究转身。

燕归燕又飞（优胜奖）

▌胡长波

漂泊诠释了沧桑
我的驻足
是为了你的美
自私地以为
你就是我家的归燕
从此
我不再失眠于你的黑夜
每天　我
凝视你的清雅
聆听你的欢唱
你天真的模样如我天真的思想
自信
在错觉中种下爱你的蛊
在那
层层叠叠的日子
夹着我们的怀想
酿成一段段情愫
爱未表白
是错误地以为你会明白我那找寻你的目光

可多美的设想终抵不过世俗一场
我再次地驻足仰望
是这空巢的感伤
心痛时
燕飞了

作者感言

人生旅途中，与她，有缘相识于青春年少时。恰香巴林卡的风吹醒那不死的情愫，忆往昔，还有情，还有痛。

余光（优胜奖）

■ 赵明月

你走了，
带着胸口记忆的温柔，
留给我的，一抹心痛；
我，
不懂。

曾经，有着万分期待，
期待着，紧握的手不再放开，
但渐渐，只剩下，你的背影在前。

灯光，越来越亮，
你的影子，越拖越长；
而我，
停在原地悲伤，
身旁，如同寂灭的晚上。

你眼角的余光，
再也望不到有我的方向。

我消失了，和约定一样。
再见，
你懂。

作者感言

喜欢的异地女孩子终究没能和自己走在一起，只能在她身后，默默地守候。

欲走还留（优胜奖）

▌刘颖

该走了，

瓶里的花已经失去了鲜艳的颜色，再也不是美丽的风景；

该走了，

唱针停在了低沉的间奏中，再也无法演绎高亢的旋律；

真的该走了，

手里的行李装着曾经满满的情意，沉重得抑制了我的呼吸。

不走？我还能挽留什么？

一个苍白无力的背影和一间只有自己影子的房子；

不走？我还能期待什么？

一对相携相依的俪人和一个形单影孤的我。

亲爱的，知道吗？

我那没骨气的欲走还留，不为挽留不为期待，

只是因为爱你，真真切切地爱着你。

不愿这段感情被你遗忘之际，连我自己也把它放弃。

作者感言

暗恋他11年，恋爱2年。可惜恋爱不是一个人的事情，面对对

方另寻新欢的选择时，最后爱他的方式只能是放手。但爱就是爱了，为了对得起自己13年的青春，所以创作了这首情诗，希望它能在充满灵气的高原圣地安眠。

不再联系（优胜奖）

▌何洪达

我住在你心里，
你藏在我心里。
然而，
我们之间做过最浪漫的事，
就是默契地彼此不再联系。

作者感言

有人说，如果你同时爱上了两个人，那么请选择第二个，因为如果你真的爱第一个就不会喜欢上第二个。但是，既然已经和第一个在一起了，又怎能……只简诗一首，送给远在杭州的你！

第七章

绝恋

此情可待成追忆

你怎么会知道（二等奖）

▌张晋忠

想你
音乐知道
于是旋律如泣如诉
——可你不知道

想你
夜色知道
于是月也害怕沾染忧伤
——可你不知道

想你
脑海知道
于是刻满你的影像
——可你不知道

想你
眼睛知道
于是在夜半无法入眠
——可你不知道

想你
命运知道
于是安排在这个春天与你邂逅
——可你不知道

想你
被窝知道
于是容纳了几多无奈的叹息
——可你怎么会知道

作者感言

遇见她的时候，正是我的病急剧恶化之时。身体的病变（脊髓空洞症）所致的绝望和无奈，以至于不敢去爱。虽然她对我是那么尽心付出，默默守望，可我在这种患得患失的心境中，徘徊半年。她终究也只能远走北京，结束了这段恋情！

我愿作天空的一抹淡蓝（优胜奖）

■ 梁晓艳

我愿作天空的一抹淡蓝
只为你不经意地看见
我愿作天空的一抹淡蓝
只为收获你偶尔仰视的尊严
我愿作天空的一抹淡蓝
只为点缀你多情的双眼

我愿作天空的一抹淡蓝
跟着你走过河流山川
哪怕只有你偶尔的驻足
也让我心足意满

我愿作天空的一抹淡蓝
不只为你偶尔的瞥见
守望你是我最大的心愿
不分昼夜甘愿平凡

我愿作天空的一抹淡蓝
静静地俯瞰世事变迁

我愿作天空的一抹淡蓝
时刻关注着你却从容悠然
我愿作天空的一抹淡蓝
掩藏了羞怯，掩盖了缺陷

哦
自在的淡蓝
愉悦的淡蓝
我永远无法企及，你永远高不可攀
如果可以
我愿作天空的那一抹淡蓝
只作飘在你头上的那抹淡蓝

作者感言

偶尔的网络相识，注定了痛苦相望不相守。不想，不敢，不能逾越那界线。他有家庭，使我无法，也不能、不想去接受。注定是单相思，有缘无分吧。

现在已经不再联系，一切都深深埋在心底。他是我无法触及的高度。我的卑微和自卑不允许我再和他有联系。

午夜清歌（情诗十二首节选）（优胜奖）

▌马彦艳

黄莺转了性
一曲清歌却唱在夜里
惊醒了一川秋水

那是孟婆的汤
喝一碗又一碗
依旧忘不掉你清隽的模样

黄莺啊
你可是灵异的鸟
这清唱怎么带着浓浓的
忧伤

暗夜啊
你可是上天的使者
穿着沉闷的衣裳
把青春抛在
无法回头的路上

这样的夜里
我竟然像一具雕塑
无法思想
满眼哀伤

哑着喉咙　怎么呼唤
都唤不回
我们一起度过的
美丽时光

作者感言

爱情、离别、生命、感怀。当我们把自己放在生活的洪流中沉浮，才深切地知道，遇见是一树花开，今天的离别是为了明天更美的相遇。用这一组午夜清歌带去我最深切的思念，送给曾经给过我温暖的爱人。亲爱的，你若安好我便幸福。

如果你无视我的爱情（优胜奖）

▌朱应召

如果你无视我的爱情
那么
就让所有的河流结成冰
让我全身的血液
都停止奔涌
让朝霞变成斜阳
让西坠的玉兔
冉冉东升
把野草一般的爱恋
连根拔去
令鲜花一样的心情
都不可挽回地凋零
让夏日的原野
刮过一阵冬天的风

作者感言

1995年，在河南省郸城县粮食局创办的中原小麦淀粉厂，我遇到了自己心爱的姑娘。家庭背景的悬殊，让我自卑到不敢表露心声，一段爱情还未开始就已经注定结束。我南下打拼，在事业有成后回到北方发现，姑娘已结婚、生子。后来，我经历了结婚、离婚，过得并不幸福。在时光里，我为她写下几百首诗，但却再也得不到与她携手走下去的机会。此刻，我在等待着治愈自己的、对的人。

亲爱的，原谅我爱你太痛（优胜奖）

▌缪加胤

亲爱的，原谅我
把你，爱得太痛
让你
没有了呼吸的自由，和奔跑的力气
看着你被我死死纠缠着的样子
我是一个做错了事情的小孩
你说
爱需要空间和自由
我说
你便是我所有的空间和自由
你背起行囊，准备展开翅膀
我只好默默地为你整好栖身的地方
你说你想环游世界五百天
而我只想做你归来的那张机票
爱你
我也许用了错误的方式
但是
爱你
却用尽了我一生的力气

作者感言

人们说，世界上最心痛的爱，是你给的不是她想要的。于是一个渴望拥有，一个拼命付出，却又像走错了方向的两个人，越走越远，最后终于成为两个相离的点。想写点什么，记录一下当时的感受，于是就有了这首诗。

一丝青涩（优胜奖）

▌av

无论如何孤单
我也不会轻易尝试新的开始

若孤寂难耐
我宁愿将伤口撕开
感受痛苦
它会使我更加理智和谨慎

我想几年以后的我
依然不会是
游刃有余的情场老手
还会像那青葱少年

固执地
想要保持着一丝青涩

只为了
在这充斥着欲望浮躁的世界里
遇到你时

我还能红着脸
对你说出当年校园里那样单纯的爱慕

“我喜欢你，请和我在一起”

作者感言

在一个下过雨的午后，在一间装饰独特的咖啡厅，我们交谈后，她走了，我却独自留下并写出这《一丝青涩》。我喜欢单纯的爱情，我不会轻易尝试新的开始，即使痛苦。但我却要提醒自己，应该理智、谨慎地去爱。

我们（优胜奖）

▌王东明

我们泡在柴米油盐里
在新鲜到发酵的路上
生长着尊重与珍惜
我们买菜，做饭
我们工作，休息
在郎才女貌的远处
是匹夫匹妇
目中无人的气息

我们粘在五谷杂粮里
在拖地或洗碗的手中
擦洗着烦恼和情趣
我们逛街，讲价
我们应酬，送礼
在浪漫优雅的远处
是贩夫贩妇
毫不犹豫的算计

我们蜷在困惑忧愁里

在新闻和现实的耳边
呼吸着物价和正义
我们想象，评论
我们愤怒，质疑
在安居乐业的远处
是愚夫愚妇
无须理会的忧虑

我们藏在山野草木里
在希望及奢望的眼前
裁剪着欲望和真理
我们糊涂，笨拙
我们懒散，麻痹
在日新月异的远处
是凡夫凡妇
落后守旧的生死

作者感言

想用简洁、通俗的语言描绘出现代社会中平凡夫妻的生活常态。“我们”每天泡在柴米油盐酱醋茶的日子里，我们是匹夫匹妇、贩夫贩妇、愚夫愚妇、凡夫凡妇，我们只过自己的日子，无论前路如何。

第八章

奇恋

一寸相思一寸灰

他（一等奖）

▌张叶欣

时间说他不在
回忆说他还在
想念说他一直都在

作者感言

这是初中时写给暗恋男生的心情短句，一共有70多张纸，两个多月每天写一张纸，这是其中一张。

恰卜恰草原遗落的花朵（三等奖）

▌聂文虎

我在恰卜恰的草原上
遗落了一只芬芳的花朵
我知道
这来自天堂的花朵
珍藏了人间几多真情
却没人能读懂含苞待放中
充满诗意的表白
恰卜恰草原遗落的花朵
在生命历程的记忆里
成为我日志中的最后篇章
我知道，遗落有许多理由
但我始终没有放弃诠释

曾经（优胜奖）

▌蕊寒香冷

从来不会表白
你总是将我默默地关怀
从来不曾离开
你始终让我静静地等待
我寻找着春天
却不知道身边也有花开
我寻找着缤纷
却不知道身后就是云彩
终于有一天
我明白了什么是爱
而你却成为别人的等待

作者感言

双方于某网游相知相识，角色扮演中，一为王侯一为侍，多情鄂州吴王都，昔日金陵草间露，终是相忘于江湖。

那张椅子（优胜奖）

▌汤贤生

我说的是你家楼下的那张椅子
我说的是你们小区的那张椅子
那是一张特别的椅子
那是一张有意义的椅子
它和别的椅子不一样
我们曾经坐在那里
它曾经陪着我们
听过歌，聊过天
被五月的夜风
轻轻吹过

2013.5.7

作者感言

诗歌是写给曾经默默喜欢过的女生的。那种喜欢是内心深处的、小心翼翼的，连收到她的一个群发短信都觉得喜悦万分，都觉得无比珍贵。这也许就是最纯粹的喜欢吧。

再爱便是永恒（优胜奖）

文文

当我是一枚
风霜浸透的青果
悬挂在枯萎的枝头
满目疮痍的躯壳
风干成刺鼻的味道
若真欣赏
请待我凋零以后
开花再成熟
那时桃花依然
春色酿成浓烈的酒
残晓化为爱情的宇宙
喝一口
会醉了一生
爱一回
便是永恒

缘（优胜奖）

王涛

缘
相见
何以言
心有芊芊
梦里寻芳颜
凌波微步若仙
君是人间四月天
水流处赋诗三百篇
关关雎鸠叫我怎得闲
日复日不愿踌躇又一年
辗转侧思来去难入眠
惟盼月千里共婵娟
好事多磨尘世间
追觅幸福志坚
滋味须尝遍
酸辣苦咸
亦有鲜
拂面
甜

作者感言

一个很偶然的机会，通过他人介绍，我认识了一个女孩。由于我属于腼腆型的人物，不太敢于大胆地表达自己的爱慕之情，就经常关注女孩的动态，写一些小诗应和，来吸引她的注意。但始终没能牵起女孩的手向她表白。虽对这位想追求的女生很有好感，始终不愿放弃，但在追求的过程中终究不是那么一帆风顺，难免辗转反侧、令人神伤。于是乎，很是感慨：不管未来结局如何，曾经青春的岁月有过这样一个美好的过程也算是不枉此生了。

今夜　我在香巴林卡想你（优胜奖）

▌杜双庆

今夜，天空将月光藏匿
就像这青稞酒里住着太多
——我想说给你听的话语

今夜，长明灯一字排开，
我在光芒里望见凤毛菊、菩提
——以及几千里外回眸的你

今夜，塔尔寺的经声复又响起，
宛如莲花湖对拂面远去、自由的风说
——今夜，在香巴林卡
我想你

离愁（优胜奖）

▌张青松

亲爱的，让我为你送行吧
你挥一挥离别的手
我的身影便伫立在所有的路口
你说一说将要走的路
我的目光里便有了一条远去的河流

亲爱的，让我为你送行吧
你给我留下一首诗
我的心里就有一首没有唱出来的歌
你给我留下深情的一瞥
我就会望穿秋水

也许我不是成熟的花蕊
只是生命的真实
我愿包容天下所有的沧桑
留给你在大地上一帆风顺的足迹
我愿寂寞含泪
如果可以衬托你绽放一路的美丽

执著（优胜奖）

张彩虹

原来你是一种毒
毒性将我侵蚀到体无完肤
生命的花瓣
已只剩下最后一片
微风不忍我再独自悲伤
狠心一带
无尽的思恋也该画上休止符了
请允许我在最后
贪恋地将所有的美好瞬间回放
一个傻子爱着一个疯子

作者感言

这是在高中时代，有一位女生暗恋一位男生的小故事。虽然两人没在一起，可是小女生对于能遇到这一男生已经感到很幸福了。

你的犄角（优胜奖）

▌刘少博

你家在长白山脚下郁郁的森林
泉水敲浅浅的河床淙淙作响
你爱在阳光四溢的午后汲水
在群星四起的夜晚浴足
梅花落在你微弓的背生出了润红的烙印
树枝插在你浓密的发凝固了翠绿的时间
而此刻
你撞我
你原形毕露地撞我
额头微低
用堆积在头上的犄角撞我
把时间撞进我的左心房
堵在血液回流的地方
于是
我的心跳急剧加速拼命把血液往外挤
引发了心的7.8级地震
而你的心却波澜不惊
一如长白山上
静谧蔚蓝的天池水

作者感言

一个下午，我在图书馆的书架上翻书，看到对面一个女子也在翻书，跟我四目相对了一下，一瞬间像被什么东西打了一下。女子走后，我赶紧抓住当时的感觉写下了这首诗。

隐身衣（优胜奖）

▌蕊寒香冷

我多么渴望有一件隐身衣
时时刻刻伴你左右
一生不离不弃

我多么渴望有一双顺风耳
分分秒秒都能听到
你快乐的消息

我多么渴望有一双千里眼
日日夜夜都能看见
你的倩影袅袅

我多么渴望有一对七彩翅
在你的梦境里
自由地飞进飞出

哪怕因此违背了上帝的旨意
将我折翼　流放千里
将我折翼　流放千里
流放到六蛮八荒之地

致未来爱人（优胜奖）

▌蔡银兵

你是我的显示屏，我是你的主机箱
只为在对的时间和你连接，我便愿启动整个系统
静静等候你由沉睡到醒来的模样
你是我的唯一账号，我是你的专属密码
少了你的1314（一生一世）
我的521（我爱你）又有何意义
你是我的安全浏览器，我是你迷茫时的百度
每当你疲惫的脚步踌躇在鼠标点击声中
我就是你回首时的灯火阑珊处

想从你脸上寻一抹浅浅的笑
复制，粘贴，保存在我的文档
好随时浏览陪你看过的风景
想从你眼中寻一眶含蓄的晶莹
扫描，杀毒，把你所有委屈都清除掉
好让温馨浪漫的记忆存满我俩共有的文档

你是我的软件
是我不敢离线的想念

是我永不关机的眷恋
是我占用所有内存只为多看你一眼的流连
我是你的硬盘
是你今生唯一的答案
是你喜怒哀乐的回收站
是你通过360卫士认可的另一半

我会在爱情的键盘上
点击平安，设置健康，搜索浪漫，输入幸福，升级信任
我会在婚姻的桌面上
杀毒冷漠，清除抱怨，扫描自私，隔离猜疑，删除争执
下载一个尊重体谅的原则
安装一款包容理解的心态
让爱为你而开机，不断线，不掉线，不离线

作者感言

写这首诗的时候是单身，希望未来的爱人能看到这首诗。

侵城（优胜奖）

▌善见

多少次翻山越岭
心如紧闭空城
直到遇见你?
温柔眼神
月光偷偷溜进门
你说你爱这座城
你要这座城
你一步步　侵入我的城
留一道道　难除的心痕
你如寒意　侵入我的城
爱憎的刀刃　凌迟谁人
爱如持刀镌刻
刻下清晰伤痕

诗人，你（优胜奖）

▌祝林辉

月
扔在身后的山上
是谁不在意遗弃的秋千
雨
拜访过茅舍落在山前
风敲开的荆扉无人来关
你
偶尔推开窗探出头
树下的诗人还没有走

诗人
突然站起来奔走呼喊
白色的长衫是一片帆
黑色的布鞋是两条船

诗人
突然站起来奔走呼喊
今生偷不走半缕花香
我唯有去捉霹雳的剑芒

黎明
漫天的雨莽莽苍苍
你举着一盏灯来关门
别管帆和船漂沉在何方
树下又来了一位诗人

作者感言

那时候的我像一个黑夜里的行者，就着天边的一点黎明摸索着前进。那时候的爱情，仿佛经过漫长的等待，还不一定能闻到一点芳香。但是我依然相信有那么一瞬间，让所有的等待与追逐都开出了花，所有的未来都有了方向；那一瞬间，我可以用尽生命的全部去奔走，去舞蹈。因为爱，一定会有希望。

爱客三篇（优胜奖）

▌齐迹

爱客之一·心的过客

总会
有一些人
与你　与我
擦肩而过
纵使把握了刹那
最终　依然是
一笑的寂寞

没有开始
更没有结果
唯有　心跳声
回响于阻塞的耳膜

爱客之二·心的租客

川流的人海
涌动着太多的过去

正如曾经的相遇
已成为
不朽的记忆

熟悉的街道
肆意着过多的喧嚣
正如携手的印记
已碎于
浮游的尘砾

心的平方米
租住过的空荡回忆
犹如收起的话语
烂醉于
心的杯里

爱客之三·心的枷锁

囍
执迷
柴与米
吝啬回忆

淡漠于想起

枷锁溶入呼吸

任风霜遮掩足迹

跌倒爬起跌倒爬起

零乱琐碎于不弃不离

伤痛苦恼不舍甜蜜欣喜

作者感言

这是人生爱情三部曲，从初恋到恋爱再到结婚，由过客到租客再到常客！

我是个孩子（优胜奖）

▌ZORY的店铺

终有一天　我不是个孩子

不再去无谓地玩耍

不再踌躇　不再幼稚

终有一天　我开始学会包容

不再去所谓地猜忌

学会了接受　学会了理解

终有一天　我明白什么是爱

不再占有　不再奢求

不再埋怨对错

终有一天　我放下所有

不再索取　不再要求

不再有那么多原则

终有一天　我不在乎自己的感受

不再心痛　不再渴望

不再奢望什么

终有一天　我会那么坚定

不再迷惘　不再犹豫

不再让你受伤

终有一天　那个心里有我的人会回来

不再离别　不再彷徨

不再害怕

终有一天　我不再是个孩子

给你幸福　给你温暖

给你家　给你所有

终有一天　终将有那么一天

白发苍苍　漫步夕阳